Niña Bonita

Ana Maria Machado
Ilustraciones de Rosana Faría

Ediciones Ekaré

Traducción: Verónica Uribe

Había una vez una niña bonita, bien bonita.

Tenía los ojos como dos aceitunas negras, lisas y muy brillantes.

Su cabello era rizado y negro, muy negro, como hecho de finas hebras

de la noche. Su piel era oscura y lustrosa, más suave que la piel

de la pantera cuando juega en la lluvia.

A su mamá le encantaba peinarla y a veces le hacía unas trencitas todas adornadas con cintas de colores. Y la niña bonita terminaba pareciendo una princesa de las Tierras de África o un hada del Reino de la Luna.

Al lado de la casa de la niña bonita vivía un conejo blanco, de orejas

color de rosa, ojos muy rojos y hocico tembloroso. El conejo pensaba

que la niña bonita era la persona más linda que había visto en toda

su vida. Y decía:

—Cuando yo me case, quiero tener una hija negrita y bonita,

tan linda como ella...

Por eso, un día fue adonde la niña y le preguntó:

—Niña bonita, niña bonita, ¿cuál es tu secreto para ser tan negrita?

La niñita no sabía, pero inventó:

—Ah, debe ser que de chiquita me cayó encima un frasco de tinta negra.

El conejo fue a buscar un frasco de tinta negra. Se lo echó encima

y se puso negro y muy contento. Pero cayó un aguacero que le lavó

toda la negrura y el conejo quedó blanco otra vez.

Entonces regresó adonde la niña y le preguntó:

—Niña bonita, niña bonita, ¿cuál es tu secreto para ser tan negrita?

La niñita no sabía, pero inventó:

—Ah, debe ser que de chiquita tomé mucho café negro.

El conejo fue a su casa. Tomó tanto café que perdió el sueño y pasó

toda la noche haciendo pipí. Pero no se puso nada negro.

Regresó entonces adonde la niña y le preguntó:

—Niña bonita, niña bonita, ¿cuál es tu secreto para ser tan negrita?

La niñita no sabía, pero inventó:

—Ah, debe ser que de chiquita comí mucha uva negra.

El conejo fue a buscar una cesta de uvas negras y comió, y comió hasta quedar atiborrado de uvas, tanto, que casi no podía moverse.

Le dolía la barriga y pasó toda la noche haciendo pupú.

Pero no se puso nada negro.

Cuando se mejoró, regresó adonde la niña y le preguntó una vez más:

—Niña bonita, niña bonita, ¿cuál es tu secreto para ser tan negrita?

La niñita no sabía y ya iba a ponerse a inventar algo de unos frijoles negros, cuando su madre, que era una mulata linda y risueña, dijo:

—Ningún secreto. Encantos de una abuela negra que ella tenía.

Ahí el conejo, que era bobito pero no tanto, se dio cuenta de que la madre debía estar diciendo la verdad, porque la gente se parece siempre a sus padres, a sus abuelos, a sus tíos y hasta a los parientes lejanos. Y si él quería tener una hija negrita y linda como la niña bonita, tenía que buscar una coneja negra para casarse.

No tuvo que buscar mucho. Muy pronto, encontró una coneja oscura

como la noche que hallaba a ese conejo blanco muy simpático.

Se enamoraron, se casaron y tuvieron un montón de hijos, porque

cuando los conejos se ponen a tener hijos, no paran más.

Tuvieron conejitos para todos los gustos: blancos, bien blancos;

blancos medio grises; blancos manchados de negro;

negros manchados de blanco; y hasta una conejita negra, bien negrita.

Y la niña bonita fue la madrina de la conejita negra.

Cuando la conejita salía a pasear siempre había alguien

que le preguntaba:

—Coneja negrita, ¿cuál es tu secreto para ser tan bonita?

Y ella respondía:

—Ningún secreto. Encantos de mi madre que ahora son míos.

EDICIONES
ekaré

Edición a cargo de Elena Iribarren
Dirección de arte: Irene Savino
Diseño: Jacinto Salcedo
Traducción: Verónica Uribe

Quinta edición, 2012

Av. Luis Roche, Edif. Banco del Libro, Altamira Sur. Caracas 1060, Venezuela

C/ Sant Agustí 6, bajos. 08012 Barcelona, España

www.ekare.com

ISBN 978-84-934863-4-1
D.L.: B-4911-07 · HECHO EL DEPÓSITO DE LEY

Impreso en China por South China Printing Co. Ltd.